増田耕三詩集

Masuda Kōzō

庭の蜻蛉

竹林館

増田耕三詩集　**庭の蜻蛉**

＊

目　次

I

Ⅱ

Ⅲ

増田耕三詩集

庭の蜻蛉

I

こおろぎ橋

こおろぎ橋を渡ったのは
三十年ほど前のこと

まだ妻も子もなく
若さを失いかけた私が
昼のなかの橋を渡った

別れたのちの届けようのない想いが
りんりんと染みるように
歩み去ったひとのかかとの音が
響いていた橋のたもと

こおろぎ橋を渡ったのは
三十年ほど前のこと

高知競輪場へ行く

男たちは陽だまりに
肩を寄せ合うようにして犇めいていた
そばに山茶花の花が咲いていた

発走時間が近づくと男たちはぞろぞろと階段をのぼり
金網にへばりついたりして
目の前を選手たちが通過するのを見送る
バンク*を切り裂くタイヤの音……

女から金をむしり取るようにして

競輪に行った日々が私にはあった

女が去ったのちも
傷の痛さを噛みしめるように競輪場へと足を運んだ
その道すがら私は
忠霊塔の辺りにうずくまって花火を見ている
男と女の姿によく出くわした

——もし競輪さえしなければいつまでも
　あなたとともにいたはず

風に運ばれてくる女の声

突如、私を追い越し嬉々として競輪場へと急ぐ男

うずくまっていた男がやにわに立ち上がり
追いかけて来たのかとも思ったが
そうではなく
いつかの日の私がさまよっていたのだろう

高知競輪場へ行く
今もめぐる心の回路を探すように
失くした周回の端緒にたどり着くために

高知競輪場よ
あのとき、おけら街道**から見た落日よりも
遥か遠くにその人はいるのだね

＊バンク＝競輪選手がレースを行う競争路
＊＊おけら街道＝すっかり負けてとぼとぼと帰る帰り道

昼休み

もう三十年近くも前のことになるが
昼休みに自転車をとばして
片道三～四キロもある
海に近い競馬場まで行ったことがある

買うレースはひとレースのみ
売店で食事をかきこみ
また片道三～四キロの道をとばして
きっかり一時までには職場に帰り着くのである

いま思えばどうしてそんな
無鉄砲なことをしたのか
あるいは、どこにそのようなエネルギーが
隠されていたのかと
不思議にさえ思う

――何者かにあやつられ逃げるように
　路地の奥へと駆け去った姿が
　いまも目に焼きついて離れない

私は元来、競輪狂いの男であったのだが
一時期は競馬にも、うつつをぬかした

売上票数も

そのまま粗末なボードに手書きで
馬が必死で走っているそばで
呑気にボラがはねているような
古い競馬場のたたずまいが
何故か身にそぐうた

それよりも
随分と以前のことになるが
レース終了後の競馬場に佇み
私はぽつりと
「ヒトサライ」と
心の中でつぶやいたことがある
明るかった光が姿を消していくなかで

さらわれていった人のことを
考えていたのだろう

Ｈａｎａｓｈｉの話

ここにひとつの詩がある、題名は「合評会」その全文を引く

詩誌「兆」の合評会はいつも／高知市愛宕町の「三好野」の二階で
催される／交差点の一角に「三好野」はあり／道をへだてた向かい
にＨａｎａｓｈｉビルがある／その一階には「花偲」という名の喫
茶店／能弁な同人たちからはぐれたとき／ぼくはいつもぼんやり
と／ガラス戸を通して見えるＨａｎａｓｈｉビルに目をやる／「花
偲」には何度か行ったことがある／たぶん、きみはもう忘れてし
まったろうけど／まるいオデコと八の字型の眉／八千草薫によく
似ていた／あれはきみとの永遠の夏か／三、四日目かの再会で／き

みは四万十川の奥地の家へ帰っていて／なにかを洗い落したように爽やかな顔をしていた／ぼくは胸に秘めていた別れ話を／きみの中の四万十川の流れにのまれてしまって／近くには「葉」という漢字のついた名前の居酒屋があったが／その名も失念し店も跡形がない／そこでも何度かジョッキをかたむけた／店を出るとぼくらは無言のうちに／熱気が弱まった夕暮れの夏の町を歩き／きみの部屋にたどり着いた／むれたストッキングの匂い、汗、体液／会は終わり同人たちと別れて／ぼくはきみの部屋のあった場所に向かって歩きはじめる／充分におじさんとなったぼくは／きみがどんなおばさんになったのかを知らず／あの日の姿を胸に抱いたままほっつき歩く町は／うるんだようになお煌々と明るい

これは一九九三年一月一五日発行の「兆」77号に載せた詩である
合評会ではすこぶる不評だった

「体液」などという言葉の使い方の感覚が古いとか
八千草薫の名前を出したことで直喩の効能の可能性をさぐる反面
イメージの一人歩きが可能か否かという問題が残り
下手をすれば全く作品を壊す恐れがあるなど散々であったが
私にはその後も捨てきれない思いがあった

別れ話は私の胸に秘められていたのではなく
おそらくその予感が漠然と私を脅かしていたのだろう

——一生の後悔、悔やんでも悔やんでも悔やみきれない
　どうして自分があんなことをしたのか
　考えても考えても、わからない……。

Ｈａｎａｓｈｉの話から数年後のこと

そんなきみからの声が届いた
私は今もきみの中に流れていた四万十川の音に耳を澄ませる
もう私の庭にもあまり遊びに来なくなった人よ

痕跡

四月のある日
裏庭で冬眠していた亀が出てきた

かれこれ二十年ほどの連れである
毎年、十一月の後半からもぐり込んで
うららかな四月の日差しのなかに現れる

今年もやはり甲羅にいっぱいの土をつけて
素知らぬそぶりで背を向けていたが
ぽんぽんと指で甲羅を叩くと

指のリズムに合わせて
甲羅を振って踊りだした

子犬のように足元にまといついたり
離れたところで手を叩くと
一目散に駆け寄ってきたりもする
それらのありさまに変わりはなかった

この亀はこの夏も
私ともつれて過ごすのか

不意に、私を襲う雷鳴のようなもの
そういえば
生あるものと

いくつもの季節をともに送ったが
夏の静寂の彼方にかき消されたかに
その姿はない

ただ、私のなかには
ともに過ごしたものたちが残した
痕跡だけがある

黒雲と夾竹桃

黒雲の中にある夾竹桃の家で
馴染み深かった人の手料理を食してから
ふたたび現世にもどされたのか
気がつくと
美容室へ行った妻を待つために
量販店で時を費していた

彼方の山並みを
雨足が走っているのが見えた

帰ることのできない食卓で
私は何を見ようとしていたのだろうか
――（四十年以上も前の食卓）

澱んだ水道水の匂いがこもり
それでも命の炎が宿っていた

今でも覚えている
山の形をした焼肉の道具
スマートとは言い難かった焼き器
焼かれた少量の肉のことなど

そうか、
雨足が走っていたのは
あの小さな焼き器にあった峰だったのかと
いまさらながらに得心するのである

私の中をまたしても
雨足が走りぬけていくようだ

秋の日の帰り道

――芙蓉よ覚えているかい桃色吐息

この俳句ともいえない句は
所属している同人誌「兆」の夏の集会で開かれた
句会・歌会に出したものである

汽車から降りて自転車で土手道を帰る途中
秋の草のなかに幼木ともいえる芙蓉の木があり
若々しい桃色の花を六つ七つほど
つけているのを見つけたが

花の前を通り過ぎて間もなく
さきほどの句が蘇った

魚屋までもどると向かいの山際には萩の花
そしてもう少し行くと
古風な郵便ポストが真新しく塗り変えられて
真っ赤な顔で立っているのを通り過ぎ
やがて公民館までもどると
そばの空き地には
たくさんの彼岸花が咲き乱れていて
空には秋の風が渡っている

首の痛みを抱えた私は
やっとの思いで我家に辿り着き

ハナミズキの赤い実にしばし見とれる
もう八年になるが頸椎の椎間板がはみ出して
骨と骨とが近づきあった分だけ神経が圧迫されて
悲鳴を上げたり火の手が上がる
すると感情が乱れ思考が混濁する

私は傷んだ身体とともに
春や夏や秋の道を帰ってくるが
交わるように帰る者の無い道が
幾筋かつづいていることに気がつく

私の隣の席は長いあいだ空席のままである
「兆」のよき読者でもあった彼はこの春に……

帰りぎわ、席を立つ私に合わせるように
立ち上がる者の気配

秋の日の帰り道に
そのような人物が一人紛れ込んでも
許される気がする

鯔《ぼら》

桂浜の突堤で鯔を釣った
あまりにも大きかったので
竿の先がへし折れてしまった

当時は古ぼけた官舎住まいであった
洗面所も兼ねた狭い台所の流しで
そいつをさばいた
刺身にし
卵巣や卵のたぐいは煮物とした
鯔特有の匂いが鼻の奥に染みこんだが

魚の旨さは抜群だった
秋の酒に酔いしれた

悲しみがすぐそばにあり
その悲しみの尻尾みたいなものを手探っては
詩の器を練り上げていた

鰡よ
遠い秋の日のできごと
私の悲しみは
詩の液体をしたたらせたまま
深まり行く秋のなかに置かれている

忍

何も書けなくなるときがある
すると
――何か書くことはないのかね
詩から催促される始末
――あれやらこれやら、いっぱい詰まっていたはずだが、
いったいどこへいってしまったのかい

詩はなおも、容赦なく畳みかけてくる
こんな時は忍の一字
そういえば若いころにはよく使ったな

《忍の一字》

忍者の忍でもなかったはずだが
忍ぶ二人には
似合っていたのかもしれないね
忍を破って出て行ったのは女
忍を破らせて出て行かせたのは男

ただ、
懐かしい匂いのする風が
すぐそばで吹いていたことに
……男も女も気づかなかった

蓮根

裏庭のリュウキュウ*の根方に蓮根を埋める
おせち料理に使いそびれたものだが
黒ずんでもう食することのできない代物

鍬で穴を掘り二つの固まりを放り込む
正月という営みが人の心を乱すのか
ここ数日
心の襞のどこかがかきむしられるように騒いで
落ち着かない

もしかしたらそれは
台所の片隅に残されていた
蓮根の仕業だったのか
幾通りかの空洞が私を拒むように

静かに腐敗を深めて
私の心もまた
帰ることのできない道の途上に
迷い込んでしまったのだろうか

――三十五年たった今でもあなたのことを恨んでいます

埋めたはずの蓮根から
そんな言葉が漏れ聞こえる気がした

蓮根は不可解な声の在りかとして
私の裏庭に存在する

*リュウキュウ＝はす芋。里芋に似て、葉茎など、いずれも淡緑色。茎を酢の物にし、または煮て食する。琉球から渡来したものと言われる。（「高知県方言辞典」から）

四万十から四万十へ

初めて「兆」の夏の集会が開かれたのは
今から二十四年ほど前のことである
四万十川べりにある大正町の温泉宿でのことだった

真夜中テレビを見ていると
バルセロナオリンピックの男子マラソンで
谷口浩美がシューズの踵を踏まれて転倒した

その翌朝
ほとんど寝つけなかった私は重い足取りで

同人たちとともに石の風車のある公園を訪ねた

今年の「兆」の夏の集会も
四万十川の流れる窪川の美馬旅館で開かれた
恒例の句会、歌会をすませて寝についた

夜更けから雨になったが
飲み足りない私はその夜もまた寝つけなかった
林嗣夫さんや小松弘愛さんの寝息を聞きながら
私から一人の男が立ち上がった

――四万十川やきねえ、会いに行きたいろう。

不意にそんな林さんの声が聞こえた

――増田君。ぼくは手術後で、しょう、しんどいき。
　まあ、気をつけて行てきいや。

今度は小松さんの声が聞こえた気がした

私は戸外へと出た

私は水の流れる音を耳にしながら
そぼ降る雨の道を歩いた

すると私を誘うように煙る女の姿が、
女の長いドレスは
びっしょりと濡れた

雨の重さに引きずられている
行き場を失った人のように……。
翌朝、私は
一人早く宿を出た

入明《いりあけ》駅にて

勤め先の移転の関係で
ひと月のみ
入明駅で乗り降りすることになった

三十六年以上も勤めた職場に入り立てのころ
入明駅の真ん前にあった
共同便所と共同洗面所で風呂なしの
古いアパートに暮らしたこと

あるいは、入明駅から西に向かう汽車に乗った
夏の日のことなども蘇る
あのとき私のそばにいたはずの
影のようなものとともに

影は
私がうたた寝をしているわずかな間に
いずこかの駅で降りたらしく
気がついたときには影も形もなかった

入明駅の長い階段を下りるとき
ともに生きることのなかった影が
いまも心をよぎる

そんなとき私は
人生には
このような寂しさがあってもかまわない
そう思うことにしている

高南台地

高南台地をさまよったことが幾たびかある
いや、いまだにさまよい続けているといっても
過言ではない

三十五年以上も前の夏の日
私の傍にいたはずの影は
窪川の駅で汽車を降りた
その姿を昨日のことのように思い出す

あのとき影は

去ることを心に決めていたのか
取り残された客車に封じ込められたまま
ひたすら西に向かって走り続けた私には
知る由もなかった

——もしどちらかが後悔したら
　そのときはもう一度……

それは去っていく自分自身に対する
申し開きにすぎなかったのか
再びの夏があり得ないことを知りつつも
そのように取り繕わざるを得なかった影のことを
恨む気持ちも責める思いもないが
なにかを思い切ることのできる

人間という生き物の得体のしれなさだけが
今も心の底に沈みこんでいる

魂のようなものはこれからも
高南台地をあてどもなく
さまよいつづけるのだろう

須崎の風

十年近く前のことになるが
日本現代詩人会の会長を務めたこともある
詩人のKさんから薄い封書が届いた

開けてみると、手紙文はなく
一枚のチラシが入っていた
読んでみると、関東のとある県が
「ふるさとの風」に関する詩を
募集しているという内容だった

交流のなかったＫさんがどうして
そのチラシを送ってくれたのか
不思議だったが、ともかく私も
「須崎の風」という詩を書いて応募した

結果は、あえなくも選外だった

二十代後半のどこかで一人の女が私から去った
そのころ私は
須崎市内にある職場に勤務していたが
女が去って、ひと月もたたないころ
大きな台風が来た、たぶんその翌日
まだ週休二日制になる前のことで
土曜日であったが出勤した

用事があって外に出たとき
風が吹きすさんでいた
いたぶるように、慰めるように、嘲笑うかに

「須崎の風」の詩は
今もパソコンのどこかに
潜んでいるのかもしれないが
どうしても辿り着けない

もう、会いたくないと思って消去したのか
風となったひと、いや風にまぎれて
消えていったひと

あれから四十五年ほどになろうか

ずっと、負い目のようなものを抱き続けてきたが

――もう忘れてもいいんだよね

と、私の中でつぶやく男がいる
だれに向かってともなく……。

階段

——もうここへも来てはだめよ
多少の未練をにじませながらも
女は冷たく言い放った

階段を駆け下りて行く男を見送ったのち
さばさばとした表情で部屋にもどり
たぶん女は顔などはたいて
出勤の準備を始めたのだろう
芽生えはじめている
新しい男との予感を
心の中に抱きしめて

男の苦難の始まり

ありていに言えば
三十歳近くなって女に去られた男の
人生の仕切り直しは容易ではない

――そんなこと私には関係ないわ

問えば、
女はそう答えたであろう

人と人の絆のたわいなさ

千切れた紐にまといつかれながら
自転車で走り去る男の後姿を
そのとき朝の風が見ていた

街路樹

街路樹よ
覚えているかい
遠い昔に私とその人が
その店に座っていたことを

三十六年を超える勤務を終えて
私はとあるビルにある仕事場で
再び働いている

昼休みになると私は

その店の前を通って昼食に出かける
すると道の反対側から
若かったその人が歩いてくるのに出くわす
その人は立ち止まり
少し首をかしげて私の方を見る

私は、
人違いだといわんばかりに無視して
うつむいたまま通り過ぎる
いつまでも私の背中を追う人の
視線を感じながら

胸苦しい夢の底に置き去りにされた深い悔恨

街路樹よ
覚えているかい
遠い昔に私とその人が
おまえのもとを
通り過ぎた日のことを

II

下津井《しもつい》幻想

——ごめんなさいね。あんたの子を産んでやれいで。
なんとのう別の道を辿りとうなって、
よその人の子を産んぢしもうたけん。
——べつにかまんがぜ。ひとおつも後悔はないけんねえ。

冬ざれた田の稲の切り株がそう呟いた
切り株どうしは静かな村里に
肩を並べるようにして立っていた
遠い時間の果てから吹きつけてくる風が
切り株の頬をかきむしった

すると、

――恨みがないと言えば嘘になる。どろばあ、
　自分の心の中をさまようたことか。

と本心を明かした
それを受けてもう一本の切り株が

――本当はあんたとともにいつまでもおりたかった。
けんどあんたは、お酒と競輪ばっかりに溺れて
私をかえりみざったけん。ほんであんたを捨てたがや。

その切り株はさらに続けた

――人として叶えあえれざった私とあんたは、
稲の切り株に姿を変えてここに立ちつくすがや。

――この地の草や木になれざったわしじゃけん、
それでええ。

もう一方の切り株がうなずくように揺れた
下津井温泉の脇を流れる梼原川《ゆすはら》*が
微かな水音を立てて
流れているのが聞こえていた

*梼原川＝一級河川四万十川第一支川

ひまわり

書こうとして書けなかった一篇の詩がある
ソフィア・ローレンと
マルチェロ・マストロヤンニが出演した映画
「ひまわり」にまつわる詩である

ナポリ娘ジョバンナと
アフリカ戦線行きを控えた兵士・アントニオは
恋に落ち結婚する

出征を免れようとしてアントニオは
精神疾患を装うが

詐病であることが露見し
懲罰として地獄のソ連戦線へと送られる

戦場で
記憶を失うほどに傷ついたアントニオは
極寒の雪原に倒れているところを
ロシア人女性・マーシャに助けられる

やがて二人の間には
カチューシャという娘が生まれる

第二次世界大戦後、アントニオを探して
ソ連までやってきたジョバンナは
その事実を知り、やがてミラノへと帰る

後年、アントニオはマーシャの許しを得て
ジョバンナに会いに行く

出征の時に
持ち帰ると約束した毛皮の襟巻を土産に
再会した二人だったが
感情的なすれ違いがおさまらない
そのときジョバンナの暮らす家の隣の部屋から
赤ん坊の泣き声が聞こえる
その子の名はアントニオ
全てを察したアントニオは
マーシャのもとへと帰る

戦場へ行く若き夫を見送ったと同じホームに
立ち尽くすジョバンナ

ラストシーンには地平線にまで及ぶ
ひまわり畑が広がる……

その人とは何年ぶりかで
今はない県立の病院で出くわした
互いに幼い子の手を引いていた

数日後、一本の電話があった

――まるで、あのとき二人で観た映画「ひまわり」
みたいやった。

ポツリとその人は言った

紙の魚

私はあのとき
女の部屋の壁に泳いでいた
紙の魚のことを書かなければならない

――下津井《しもつい》へ帰るけん

女がそう言ったのは紙の魚の件よりも
随分と以前のことであった

むろん女はまた、私のもとに帰るという意味で
その言葉を伝えたにすぎなかったはずだが

私は心のどこかに
泣きべそをかいている自分がいることに
気づいていた

なぜ、

――下津井へ一緒に帰りたいけん
と言ってはくれなかったのか
――ちがうよ。　下津井へ一緒に帰ろうと言《ゆ》うたに、
　あんたの耳には届かざったがやけん
笑うように泣くように言う女の姿が

いまだに私には見える気がする

映画「ひまわり」を女の部屋で観たとき
壁には切り抜かれた紙の魚が泳いでいた

女が私から静かに去ったのは
それからほどなくのことだったのかもしれない

——あんたがお魚を好きやけん

女はあのとき、そう言って笑っていた

そんな言葉が残されただけだったね
紙の魚よ

どひったち

――どひったち、ずつないことがあっち、
ざまに、泣いたことがあったけん。

――もう十月になったけん。わしゃあ、
ひっそりと、こっそりと
空を見上げちみるがよ。

――あの人と、でおうたがも、
ほいから、別れたがも
九月じゃったけんねえ。

──競輪をやっち、好きな酒を飲んぢ、
なし、それがいかんがかが
わしにゃあ、わからざったけん。

──げんど、あの人は
許ひちくれざった。

私の中の男は、ボソ、ボソと言った
拗ねたように
おのれを、なじるように

……男がまた、つぶやきはじめる

――よいよ、ずつないことがあったけん。
わしゃあ、たろばー、泣いたぜ、
遠い昔のことよ。

――わりゃあ、まっと、びちくれや。

(私は、男に向かって、そう言いたい気がした)

（註）どひったち…非常に。
ずつない…苦しい。つらい。
ざまに…たくさん。たいへん。
なし…なぜ。
たろばー…たくさん。
まっと…もっと。
びちくる…もがき、苦しむ。

けん

――わたし、もう行くけん

あるいは

――わたし、もう行くき

そして

――わたし、もう行くから

「行くけん」が
私が生まれ育った幡多《はた》地域の
西言葉による言い方である

「行くき」は
主に私が働いてきた高知市を中心とした
東言葉の言い方である

そして「行くから」は
いわゆる標準語での言い方ということになる
その人は西言葉の地域で生まれ育ったのだが
私から離れていくときなぜか

――わたし、もう行くき

と東言葉を残して姿をくらました

東言葉の地域に暮らす私に
「けん」は禁忌のように身中に沈み込んでいる

何故なら「行くき」の地域で
不用意に「行くけん」と言ったら
一言で言えば「笑われる」
そういう構図になっているのである

――おれ、もう行くから

たとえば私はそんな風に
標準語をまぶした言い方で凌いできたのだった

西言葉を背負う私にとって
東言葉の地域で暮らすことには
ずつない*ものがあった

何をどう解明すれば事が安らぐのか
いまさら手の打ちようもないが
たとえば西言葉で育った女が私から去るとき
「わたし、もう行くき」ではなく
「わたし、もう行くけん」と
つぶやいていてくれたなら……

その人はその後も
東言葉の地域に暮らしたと聞く
その人の中にあったはずの西言葉は
東言葉の地域に連れ去られたままである

そこにうずもれてしまったままの西言葉が
今も私の胸を疼かせているのだろうか

＊ずつない…苦しい。つらい。

泣く男

幻影の月がのぼった夜から
男は窓辺で泣くことを余儀なくされた
幻影の月、すなわちそれは
女が持ち去った男の半身にいわくがある

女は水の畔で生まれ育った
女とともにいたころ男は
女の中に流れる水の音を聞くのが好きだった
決して平穏とばかりはいかない日々に
図らずも訪れる静かなひとときがあった

故に男はいつまでもその水の流れとともに
生きていくものと思っていたのだったが
女は、ためらうことなく男を切り捨てた

女が持ち去った男の半身には
女の中に流れていた水音を蓄えた
男の耳も含まれていたはずである
どこかの見知らぬ土地で
ときおり女は玩具のように
男の耳を懐かしんだのであろうか

女は男の怠惰をなじり
窓辺に飼っていた二羽の小鳥に
語りかけるようにして、よく涙した

女が去ったのち男は窓辺で泣く男となった
そこにはいつも寄り添うように
幻影の月の姿があった

あれから四十年以上の歳月が過ぎたが
男は望んで
月明かりの誘いに身を任せる
それが自分にできる償いのすべてと信じて

水の街・ホタル

――季節はまだ過ぎないというのに
　消えてゆくおれのホタル

これは私がまだ
水の街に暮していたころに書いたものである
水の街とはいったいどこだったのだろうか
男は女の心根をいとおしみ

終生、寄り添うことを願っていたが
しばしの間
自分の中にだけとどめ置いた

何故そのような躊躇の森で
時を費やそうとしたのかは不明である

しかし有り得べきことだが
女は既に
男を見限っていたのではなかったか

そのことに気づけなかったことが
男が半身を失うことの要因となった……

半身が空虚となった男は
虚しさをどのようにして鎮めたのだろうか

水の街を後にした女は
果たして幸いを手にすることが出来たのか

今となっては
遠く霧に包まれたままである

仕事を辞めて二年目の夏が過ぎ
私の暮らすこの町は微かに秋の兆し
夏に求めた備長炭に
吸い寄せられる香りのように

いずこかへと消え去ったものたち
その気配とともに生きていく

水の街・帰郷

あれから、五十年が過ぎたね

高知県の繁藤《しげとう》という地区を
自転車旅行中だったきみは
大規模な地滑り災害に遭遇した

五十五番目に発見された人体だから
「人体五十五号」と名付けられた
出生地も名前も分からないままに

でも、きみは本当はあのときすぐに立ち上がった
岩や泥で押しつぶされた自転車も
きみの前ではまるで
何事もなかったかのように蘇って
きみが再乗することを待っていたはずだ

そしてきみは、その地を後にした……。

きみは、どの辺りまで辿り着けたのかな
首尾よく、恋しい人のもとに帰れたか

きみは、水の街の
あのアパートの一室を訪ねたのだろう

そこに、その人はいたか、それとも
幻のようなものが残されていただけだったか

やがてきみは、もう一度サドルに跨った
もう二度と、会えない人のことを思いながら

私の中でペダルを踏み続ける
人体五十五号よ

——長い長い竹林の道を
　あてどもなく過ぎていくようだ

そう、つぶやくきみに
いまも、あの日の雨は

降りしきっているのだろうか

水の街・競輪

——赤板《あかばん》*を過ぎればジャン（打鐘）だ

金網に掻きついている私がいる
それは既に女が去ったのちの
救いようのない姿である

踏切を渡ったところにある理髪店には
競輪の予想紙が売られていた

……（それが、どうした　！）

悲しいほどに若かった二人だったね
とある日のことだが
目指す焼肉店はもうすぐそこなのに
きみたち、なんでそんなにいさかい合うのか

〈四十数年前の二人の姿を
　俯瞰するように私は見ているのだよ、今も〉

きみの心に
私を捨てる気持ちが芽生えるまでには
どうやら、まだ少し間があるようだ

などと言っているうちに
愛想をつかした野郎よりもはるかにいい
白馬の王子が現れたというやつかな
とうとうきみは、私を捨てる決心をしたようだ
ベッドから蹴落とされるように私は
追いやられたのだった
もういいではないか、いまさら
物欲しげに俯瞰することなど、やめたまえ
そろそろ帰ればいい
好きだった

水の街のあのアパートの一室に

＊赤板＝残りあと2周の地点で、それを告げる看板。

水の街・桑

我家の目の前にある妻の実家の桑の木を切った
今は住む人のない家である

私は、庭にプランターを二つ並べて
サラダ用の春菊を育てているのだが
鳥の糞害を避けるために簾をかぶせることにした

切り倒した桑の木の所へ行き
枝を五〇センチほどの長さに切って持ち帰り

プランターの四隅に突き刺して簾をのせた
一週間あまりたったころ
桑の枝に不思議なものを見つけた
可愛い小さな葉が
さも嬉しげに芽吹いているのだった
まるで命の息吹を与えられたことを寿ぐかに

断ち切ってもなお現れるものたち

帰れない街道のような道が一本
私の心を貫いて走っている
その果てに確かに水の街はあったはずである
いや、今もあるはず

丸く包んだ指の隙間から
漏れくる蛍の明かりを忍ぶように見ていた二人

この地に暮して二十年以上の歳月が流れた
妻はおそらく知っていたのだろう
私がときおり水の街を訪ねていたことを

そして
辿り着いた先に待つ者は誰もいないことも

一隅

――泣いていると思って帰ってきたわ

遠い詩の一隅に
その言葉は残されている

四十年以上も前
一人の女が私を捨てた

無論そのことに異存はない
見捨てられてしかるべき自分だったから

そのころ、
うれしい不思議な夢をよく見た
巻頭に置いたセリフのように
私の元に帰って来る者がいた
そして、その人によって
私は幾度となく救われた

もう二度と離しはしない
さながら歌の文句みたいに
私はその人を抱きしめた

翌日、目覚めると
微かなぬくもりのようなものが

残されてはいたが
人の姿はどこにもなかった
ぬくもりだけではなく
湿り気のようなものもあったはずだが
誰もいなかった

その人は
本当は帰ってなどいなかった
私は、夢の裏側にある空の高みへと
もう一度、突き落とされたにすぎなかった

ユニホーム

──一度だけ私のやりたいように
　させてみてくれん

媚びるように女はそう言って目線をはずした

会社の野球部のマネージャーになったと聞いたころ
部屋に一組のユニホームが
大切そうに乾されているのを見たことがあったが

なにも言わなかった
女はやがてその部屋を出て行った
たぶんユニホームの男のもとへと

——一度でもやりたいことをしたら
　終わりやよ

そんな言葉が浮かんだが
言えなかった

一人でいくと決めた

競輪の「スピードチャンネル」の
電話投票の参考とするためにいつも
某スポーツ新聞を買っているのだが
芸能欄のある記事に目が留まった

それは、ある女優に関する記事だった

……その人は一人でいくと決めた

……残された者たちは大好きだった人のそばに

一分でも一秒でも長くいることを願い寄り添った

……その人は一筋の煙となって旅立っていった

スポーツ新聞の片隅に
このような詩句が潜んでいたのである
何故、その言葉に囚われたかというと
死出の旅ではなかったが
私もとり残されたことがあったからである

その人も、一人でいくと決めた

けれども、この世の荒れ野にひとり

置き去りにされた者の気持ちは
味わった者にしか分かるまい

——なんてことをしてくれたんだ

思わずそんな言葉が口をついて出たとしても
遠い空の彼方に
砕け散るばかりであったろう

庭の蜻蛉

夕方、庭木に水をやっていたら
大きな樫の木の下で、不意に蜻蛉が現れ
つんつんと誘うように
近づいてきたかと思うと
すぐさま、ひるがえり、飛んで
そばの金柑の葉にとまったので
柔らかく水をかけてやった

すると、蜻蛉は驚いたように飛び立ち
金柑の木の向こうに

いったん姿を隠したのだが
瞬く間に現れて
私の左肘の外側にとまった

そうして長い間、とまっていた
しがみついたら離れないといわんばかりに

なにかもの言いたげにしていたが
決して痛くはない程度に
蜻蛉の手は優しかった

シオカラトンボの黄色版
そんな装いの姿であった

まさか、きみではないよね
秘かにそう尋ねてみたい気もしたが

やがて、
蜻蛉は静かに飛び去った
あのときのように

今を盛りと

庭のプランターに春菊の種を蒔いた
たくさんの芽が出てきた
その中に一本だけ、葉の広い苗があった

おや、と思った
どう見てもそれは
胡瓜の苗にしか見えなかった

むしろ、おや、と思ったのは
その苗のほうかもしれない

周りには知らないものたちの群れ、群れ
それでも胡瓜らしき苗は
おかまいなしにぐんぐん伸びて
季節外れの庭に
今を盛りと黄色い花を咲かせている
日々、摘み取られる
春菊たちを見下ろすようにして

庭の片隅に生じた小さな誤謬

楽しかりし日々は過ぎ去った
されど、今を盛りと
もう一度きみと生きてみたいね

Ⅲ

カミサマトンボ

カミサマトンボ*の姿を久しぶりに見た
梅雨明けから日が浅い朝
犬の散歩の途中に
鳥居の付近をふわりふわりと
飛んでいるのに出くわした

懐かしい人よ

私は心のなかでそう呼びかけてみた
トンボは
寄り添うように
しばし、その辺りを飛んだ

出勤時間に追われる私は

犬の首を引きずりながら
家への道を急いだ

むかしのトンボよ
おまえ、まだそんなに若くいて
会いに来てくれたのか

山際の小さな集落に住みついて
長い月日が過ぎた

トンボの目の中に
くるくるとめぐるように
男と女の姿がある

＊カミサマトンボ＝オハグロトンボ

さようなら

私は、
詩を書くために
この世に生まれてきたのだと
そう、思いたい

きみは、
詩を書かせるために
私の前に、現れたひとだった

ありがとう
そして
さようなら

新幹線で

定年退職まで数か月となった日
事務引継ぎに関する会議に出るために
朝五時に自宅をタクシーで出発し
高知駅発六時の「南風」で
東京へと向かった

名古屋駅から
新幹線の二人席の右隣に妙齢の女性が座った
男と別れてでもきたのか
妙になまめいて儚げであった

やがて、うつらうつらとしはじめた
そして突然、

——ごめんなさい。わたし眠っていたでしょう。

と、甘えるような口調で囁いた

——いいえ、大丈夫です。

私は若者のように爽やかに答えた
どうやら、
私の肩に頬をかたむけて
眠っていたと錯覚したらしい

また、うつらうつらとしはじめた
別れてきた男の夢でもみていたのだろうか

私は私で
これは中高年を陥れる
新しい手口かもしれないと
内心、身構えていたのだったが

いや、もしかしたらその人は
過去のどこかで遠い旅へともに
出るはずの女だったのかもしれないなどと
あらぬことを思ったりして

品川駅に着いたとき
私は意を決したかに立ち上がり
目礼をして席を後にした

私が残したもう一人の私は
それから、果たせなかった旅へと
立ったのだろうか

私は、
かすかな嫉妬にとらわれたまま
地下鉄に乗り換えてから
東京タワーの見える駅の近くにある
会場へと向かった

雨の詩

「雨の慕情」を歌った演歌歌手の
八代亜紀が亡くなった
「雨の慕情」が流行ったのは
四十四年ほど前のことである
──心が忘れたあの人も
と、八代亜紀は歌っていた
その歌を聞きながら

カウンターに
突っ伏すようにしている男がいた
置き去りにされた男だったが
心は、忘れてはいなかった

——憎い、恋しい
　憎い、恋しい

とも、八代亜紀は歌っていた

四十数年を経た今、やっと自分も
忘れる心まで辿りつけた
気がする

木の葉

出勤途中
歩道を歩いていると
木の葉が一枚
足元にころがってきた

カサコソカサと

――Mサン、オハヨウ
マダガンバリヨルガヤネエ。

――ああ、おまえか。そういえば、
おまえと初めて会《お》うたがも、

この近くやったね。
　今は市役所の別館が建っているけど。

遠い夏の日の光が目に染みる

そして
木の葉の向こうには
見知らぬ家の
玄関口らしきものが見えた

そんなふうに見送られる朝が
ありえたかもしれないのに
なぜか自分からは
転がり落ちてしまった

木枯らし

本屋で姜尚中の『悩む力』を選びレジに向かう途中で
『いまも、君を想う』という本の題名が
視界の中に飛び込んできた
私は立ち止まりその本を手にした
それは川本三郎という作家の
癌で亡くした妻への想いをつづったエッセイ集だった

私は『悩む力』をもとあった所にもどして
『いまも、君を想う』という本を買うことにした
悩むということと「いまも君を想う」ということが

私の中で融合しその本を選ばせたのだった

その日、私は
三十年以上も前に暮らした町並みをさまよい
偲ぶよすがもないほどの変容の有様に驚かされたり
当時の面影を
まざまざと残している道をたどったりと
奇妙なアンバランスに心をゆさぶられてから
その本屋までたどり着いたのだった

私にも、杳として消息の知れない人への想いがある
だから、ときおりわけもなくその町をさまよう

妻を亡くした作家は淡々と筆を運び

決して感情をあらわにしない
やがて語りの果てに
「いまも君を想う」という惻々《そくそく》とした哀しみを
読者の胸に残す

本屋を出たとき外は木枯らしだった

恋歌

——おねがいわたしをたすけて

深酒をしてトイレに立ったとき
不意にその声は聞こえた気がした
私は声のありかを求めて耳を澄ませた

あのころ
必ずしも心健やかといえなかった私は
はたして十分に
あなたをたすけることができたのか

心もとなく不分明なままである
もう何もかも終わってしまったのに
もう誰もそのことを忘れてしまったのに
私の耳の奥にはまだあなたの声が聞こえる
聞こえる気がしてならない

——あんたは、わたしに負けたがや

そう言って女は
狭い部屋のなかで背を向けた
それがどれほどに遠い距離であったか
いまでも私は測りかねている

あれから四十年近い歳月が流れた
定年を超えた私は
今も、とある勤めに出ているが
心が憂えるときには
ひとときの慰めのように
その部屋のあった場所に行くことがある
更地の三角地となったそこは
当時の記憶として残されているよりも
はるかに狭隘で
人が暮らした跡形としての印象も薄い

私は、しばしそこにとどまり
二階の窓のあった辺りを見上げる
女の灯す明かりは

いまでもくっきりと私には見える
耳を澄ますと少し開いた窓から
女の口ずさむ恋歌が聞こえてくる気さえする
むろん、
その歌を間近で聞いているのは私ではなく
人形の首を挿げ替えるように選ばれた
見知らぬ男である

おそらく私は
女をたすけることのできない
不甲斐ない男であった
だから女は
掌を返すように私を断ち切ったのであろう

なにもかも壊れてしまったのちの思いをこそ
私は噛みしめなければならない
希望とともに去った女への
つたえそびれたわたしなりの恋歌を
いつか、その窓辺に届けるために

風の噂

――癌になったらしい

そんな風の噂を知ったときから
十五年以上の歳月が過ぎた

その後の消息は知らない

私の心の野を吹いた風が姿を消してから
四十年近い時が過ぎている
しかしその後も

風はときおり私の野を渡った
私の悔いを嘲笑うかに

もしかしたら
風の噂そのものが
自分自身の
でっち上げであったのかもしれないと
思うことがある

なぜなら
心の野に突き刺さったままの
棘を抜くために私は
そのような経緯を辿る必要があったから

だが、もうすべては終わってしまった

——癌になったらしい

その言葉だけが今も
私の枯野をさまよっている

風雨

四十一年ほど勤めた仕事もあと少しとなり
もうすぐ六十五歳になる

風雨にさらされていた想いのする二十代のころ
濡れ鼠みたいに大楠のもとを走って
職場に急いだ台風の日もあったが

——あのとき、きみはすでにいなかった

私は、今も
楠並木の脇を通って仕事場へと急ぐ
走っていく自分の姿を横目で追いながら

そして
もうこの世にはいないかもしれない人を思う

カンナ

——カンナカンナきみを忘れぬおのこあり

この俳句のようなものを発表したのは
確か海のそばのホテルで開かれた
同人誌の集会でだった

それは私がまだ
帰りつけるはずの夏があると
信じていたころのこと

犬の散歩でよく通る野道に
赤いカンナの花が咲いていた
忘れ果てることを
許さないとでも言わんばかりに鮮烈に

カンナ
それは通りすがりの道端に咲いていた
花にすぎなかったはずだが
そんな句をひねり出してから
私は妙にカンナのことが気になりだした

カンナはいまもどこかで
私を待っているのではないかと

カンナよ
あのとき私は

きみが待っているかもしれない
小道のありかを気にしつつも
不甲斐なく犬にひきずられて
その小道から遠ざかったのだった

忍び寄るもの

九月の或る日
鏡川橋を北から南に車で渡っていたとき
後部座席の妻が声を上げた

——雲がきれい。

そこには、薄く流れる白い雲があった
もう空には秋が訪れているのだった

私は、忘れかけていた九月のことを思い出して

心がゆらめいた
——出会ったのも九月、そして別れたのも……。
そんな詩句を書いたこともあったが
なつかしいような、こいしいような人声や足音も
空の彼方へと帰り
いま、私に忍び寄るのは
たなびく雲に宿る秋の気配のみである

九月の詩

もうすぐ、九月が終わるというのに
一向に姿を現さない

私を置き去りにしたまま
「九月の詩」はいったいどこに
いったのだろうか

降り終えた
雨の気配だけが残されている
失った人のいた、九月

いや、
失われた人など
もうどこにもいやあしない
さばさばと消えた
きりで

もう泣く時ではないよ

あれから四十年ほどになるが
一日としてきみのことを思わなかった日はない
まさかの坂を越えて
あれからきみはどこへ行ったのだろうか

（ここまでは数か月前に書いたもの）

一日としてきみのことを
思わなかった日はなかったはずなのに
だけどこの頃は忘却の坂を

転げ落ちかけている気がしてならない
——もう泣く時ではないよ
（静かに告げる虫の声）
もしかしたらこれでよいのかもしれない

窓辺で泣いていたあの男は
もう姿を隠してもよい

すべてお開き
とんだ茶番劇だったね
遠い曲がり角をまがったきり

山際にたなびく一筋の煙みたいに
消えてしまえばいいんだね

清々したよ
もう水の街のあの道を辿ることもあるまいし
詩を運んでくる小鳥の姿に
胸を騒がせることもないだろう

でも君よ
もしかしたらもう一度
泣いてみたいとは思わないか
薄れかけた水の街の
あの古びたアパートの一室で

あとがき

およそ二十四年ぶりに、やっと出せた詩集である。

私は、詩誌「兆」に所属しているが、この詩集に収められた詩の多くは「兆」に発表したものである。「兆」は、コロナ禍のときは別として、必ず合評会を開いてきた。合評会であるから、容赦のない辛辣な言葉を浴びることもあったが、結果として、生煮えであった詩が、何とか独り立ちできる詩に、姿を変えたことも多々あった。

どうしてか、うまく生きられなかった日々にこの詩集を届けたい。
「もう、これでお別れぜ」と、つぶやきながら。

詩集を編むにあたって、お力添えをいただいた、竹林館の尾崎まこと氏と左子真由美氏に、心からお礼を申しあげたい。

二〇二四年六月　　増田耕三

増田 耕三（ますだ こうぞう）

昭和 26 年（1951） 高知県宿毛市生まれ
昭和 55 年（1980） 詩集『水底の生活』
昭和 57 年（1982） 詩集『競輪論』
昭和 61 年（1986） 詩集『続　競輪論』
昭和 62 年（1987） エッセイ集『四万十川だより』
平成 元年（1989） 詩集『水の街』
平成 5 年（1993） 詩集『村里』
平成 12 年（2000） 詩集『バルバラに』

「兆」同人・「PO」会員

住所 〒 781-2110 高知県吾川郡いの町 6494-29

現代日本詩人選4
増田耕三詩集
庭の蜻蛉
2024年9月1日 第1刷発行
著　者 増田耕三
発行人 左子真由美
発行所 ㈱ 竹林館
〒 530-0044
大阪市北区東天満 2-9-4 千代田ビル東館7階FG
Tel 06-4801-6111 Fax 06-4801-6112
郵便振替 00980-9-44593
URL http://www.chikurinkan.co.jp
印刷・製本 モリモト印刷株式会社
〒 162-0813 東京都新宿区東五軒町 3-19

ISBN978-4-86000-522-1 C0292
定価はカバーに表示しています。
落丁・乱丁はお取り替えいたします。